우리가 글을 몰랐지 인생을 몰랐나

여든 앞에 글과 그림을 배운 순천 할머니들의 그림일기

남해의봄날

여자라는 이유로, 혹은 가난 때문에 글을 배우지 못했던 할머니들이 있습니다. 사는 일만으로도 숨 가빠,
꿈이 있었으나 펼치지 못했던 이들, 할머니가 되어서야 스스로를 위한 시간을 내고 글을 배우기 시작했습니다.
자신의 이름과 주소를 직접 쓸 수 있는 것만으로도 세상을 얻은 듯 행복했으나, 한 번 더 용기를 내
그림을 배웠습니다. 선을 그리고 동그라미, 네모를 그리는 것으로 시작해 그동안 살아온 이야기, 주변 사람,
풍경을 수십, 수백 장의 그림과 글로 풀어냈습니다. 순천의 할머니 스무 명이 들려주는 가슴 먹먹한
감동의 인생 이야기를 이 책에 정성껏 담았습니다.

권정자 김덕례 김명남 김영분 김유례 김정자 라양임 배연자 손경애 송영순
안안심 양순례 이정순 임순남 임영애 장선자 정오덕 하순자 한점자 황지심

목차

세 번째 이야기
구십을 바라보는 나이에
초등학생이 되었습니다

네 번째 이야기
지금 생각하면 엄마가 너무
불쌍하고 미안합니다

일곱 번째 이야기
학교 가는 날이 가장
행복한 날입니다

첫 번째 이야기
내 이름은 안안심입니다

내 이름은 안안심입니다

내 이름은 안안심입니다.
나이는 78세입니다.
태어난 곳은 보성군 웅치면 삼수마을입니다.
4남 2녀 중 큰딸입니다.

어릴 때 별명은 '봉숭아꽃'이라고 불렸습니다.
장독대 봉숭아처럼 예쁘다고 했습니다.

성격은 차분하고 속이 깊은 편입니다.
얼굴은 둥글고 체격은 보통입니다.

가장 잘하는 음식은
회무침입니다.
남들이 맛있다고 인정을 해 주었습니다.

가장 부러운 사람은
야무지게 말 잘하는 사람입니다.
앞으로 소원은
건강하게 공부하는 것입니다.

아버지의 칭찬

우리 집은 한 고개 넘으면 율포 바다가 보이는
초가집에서 살았습니다.
아버지는 한문을 가르치시고
어머니는 농사일을 했습니다.

아버지는 섣달그믐이 되면 공부를 가르쳐 준
대가로 쌀을 받아 오셨습니다.
우리 집은 아들들은 다 학교에 보냈습니다.
나도 공부하고 싶었습니다.
그런데 딸이라고 공부를 못 하게 했습니다.

내가 열두 살 때 어머니가 쓰러져 한 손을 못 쓰게 되었습니다.
어머니 대신 집안일을 했습니다.
처음으로 아버지 두루마기도 만들었습니다.
아버지는 내가 만든 두루마기를 맘에 들어 하셨습니다.
그리고 칭찬을 해 주셨습니다.

2018년 4월 23일 안안심

훌륭한 우리 엄마

엄마는 처녀 때 손을 다쳤는데
제때 치료를 못 해 한쪽 손이 불구가 되어
아들이 둘이 딸린 집에 시집을 갔습니다.

엄마는 손이 불편했어도 두 아들 옷을
직접 만들어 입히고 엄마가 낳은 자식까지
여섯을 한 손으로 키우셨습니다.

큰집에는 딸만 있고 아들이 없었습니다.
할머니는 큰어머니 몰래 사람을 얻어
아들을 낳게 했습니다.

나중에 큰어머니가 알고 그 여자
머리채를 잡고 싸우는 것을 봤습니다.
우리 엄마는 얼른 치맛자락을 펴서
내 눈을 가리고 못 보게 했습니다.
나는 살면서 힘들 때마다 엄마를 생각했습니다.

부모들끼리 결정한 결혼

내 나이 스물한 살 때
어른들끼리 결혼을 결정했습니다.

　　나는 시키는 대로 결혼을 했습니다.
　　결혼식 날 절을 하다 신랑 얼굴을
　　처음 봤습니다.
　　피부가 까맣고 우락부락했습니다.

신랑은 삼대독자였습니다.
멋쟁이 시어머니는 보통이
아니게 보였습니다.
나는 배우지 못해 걱정이 됐습니다.

　　신랑은 한약 공부를 한다고
　　집을 나가 있었습니다.
　　나는 시어머니와 한방에서 살았습니다.
　　그런데 시어머니는 보기보다
　　따뜻하고 좋은 분이었습니다.

우리 부부

나락 한 섬

못 먹는 돼지고기와
오징어가 갑자기 먹고 싶었습니다.
시어머니는 눈치를 채고 오징어를
한 축씩 사다 줬습니다.

그렇게 호강하며 입덧을 했는데
사흘을 돌려도 애기를 못 낳고
의사를 모셔다 딸을 낳았습니다.
그런데 나락을 한 섬이나 달라고 했습니다.

시어머니는 물짠 가시내를 낳고
나락 한 섬을 줬다고 매일 잔소리를 했습니다.
나는 날마다 시어머니 눈치를 보며
숨도 크게 못 쉬었습니다.

그런데 그 딸이 커서 나한테 제일 잘합니다.

대단한 올케언니

밤이면 멧돼지가 내려와서 나락을 다 먹는다고
아버지는 그곳에 천막을 치고 잠을 잤습니다.

       그런데 반란 사건이 나서 끌려갔던 오빠가
       밤길을 걸어 논으로 찾아왔습니다.
       아버지는 오빠를 보릿대 속에 숨겨 놓았습니다.

    그리고 며칠 후 자수를 시키려고 데려갔습니다.
    그런데 인민군으로 갔다 왔다고 오해를 하고
    모두 싸잡아 총살을 시켰습니다.
    오빠는 그때 혼인을 앞두고 있었습니다.

       올케 될 사람은 오빠도 없는데 가마를 타고
       시집을 왔습니다.
       그리고 조금 살다가 재혼을 시켰습니다.

올케는 재혼한 남자와 아들들을 데리고
우리 집에 드나들며 며느리 노릇을 했습니다.
나는 올케가 너무나 대단해 보였습니다.

(21쪽)

2018년 나월 안 안심

화난 시아버지

시어머니는 당목 천을 잘라 놓고
시아버지 옷을 만들라고 했습니다.
그리고 소 풀을 먹이러 나가셨습니다.
나는 손바느질로 옷을 만들어 놓고
소죽을 끓이는데 애기는 울고
정신이 없었습니다.

시어머니가 들어와 소여물에 닭똥을
싸 놨다고 집에서 뭐 했냐고 야단을
쳤습니다. 나는 닭똥을 들어내고 소죽을
끓이면 되지 않느냐고 말했습니다.

그런데 사랑방에서 시아버지가 쫓아 나와
말대답을 했다고 학자 집안에서
그따위로 배웠냐고 난리를 쳤습니다.
나는 무서워서 벌벌 떨고 있는데
남편이 그러려고 남의 집 딸을
데려왔냐고 한마디 했습니다.
그 뒤로는 시부모님이 정말 잘해 주셨습니다.

고마운 친정 오빠

딸을 하나 낳고 첫아들을 낳았는데
장애아를 낳았다고 난리가 났습니다.
남편은 화를 내며 다시는 자식을 낳지 말고
남남처럼 살자고 했습니다.
나는 한쪽 다리가 휜 아들을 낳은 죄로
아무 말도 못 하고 살았습니다.

아들을 데리고 친정에 갔습니다. 친정 오빠는
우리 아들 다리를 보고 깜짝 놀라
광주 병원으로 데리고 갔습니다.
그리고 수술을 시켰습니다. 그런데 시댁에서는
병원비가 많이 나왔다고 난리가 났습니다.

나는 아들을 데리고 시댁에
들어가지 못하고 대나무 밭에
숨었다가 친정집으로 갔습니다.
다음날 남편이 데리러 왔습니다.
그때 친정 오빠 덕분에 아들 다리도
정상이 되었고 남편하고 사이도 좋아졌습니다.

남편이 글을 어느 정도 아냐고 해서 모른다고
했더니 연필을 주면서 이름을 써 보라고
했습니다.   나는 내 이름을 겨우 그렸습니다.

남편은 글을 배우라고   했습니다.
그리고 시간이 나면 한 자씩 가르쳐 줬습니다.
그런데 글을 가르칠 때마다 못한다고 화를
냈습니다. 그래서 너무 스트레스를 받아
글을 포기했습니다.

남편은 친구들한테 내가 학자 집에서
시집와서 무엇이든 잘한다고 거짓말을 했습니다.
그래서 무식한 내가 창피했던 것입니다.

새 집을 지면서 내 앞으로 대출을 받았습니다.
그런데 내가 주소를 못쓰니까 남편이 내
손을 잡고 썼습니다.
나는 너무 부끄러웠습니다.
그리고 공부를 포기했던 것을 후회했습니다.

둘째 아들의 상처

시골에서 농사를 짓고 부모님이랑 살다가
자식들 공부 시킨다고 우리끼리만
장흥읍으로 이사를 나왔습니다.

그런데 네 살짜리 둘째 아들이 매일
집 앞 전방에서 뭐를 사 달라고 칭얼댔습니다.

남편은 일은 바쁜데 아들이 칭얼대니까
화가 나서 멱살을 잡고 방으로 던졌습니다.
그리고 뒷날 할머니 집에 데려다주고
아홉 살 때 데려와 함께 살았습니다.

둘째 아들은 그때 일을 잊지 않고
우리가 형뿐이 몰라서 자기를 떼어 놓았다고
원망을 합니다.

그리고 형 쓰던 물건만 주고 자기와 차별했다고
뼈 있는 말을 해서 속이 상합니다.
어떻게 해야 작은아들 맘이 풀릴지 답답합니다.

아들 삼형제

친구의 배신

내 친한 친구 백명자는 학교를 다녔지만
배운 티를 안 내고 나와 친하게 지냈습니다.

그리고 친구는 고등학교에 다니는 오빠를
좋아했습니다. 그런데 그 오빠는
나와 사귀자고 연애편지를 줬습니다.
나는 친구를 배신할 수 없어 거절했습니다.

그리고 친구는 스무 살 때 시집을 갔습니다.
결혼하기 전에 시아버지가 돌아가셔서
소복을 입고 결혼식을 했습니다.

그리고 우리는 헤어져 살다 10년 만에 다시 만났습니다.

친구는 혼자가 되어 우리 집에 자주 놀러 왔습니다.
나는 잘해 주었습니다. 그런데 친구는 내
남편을 좋아했습니다. 나는 배신감이 들어 친구를
멀리했습니다. 그리고 몇 달 후 친구는
서울로 이사를 가서 지금까지 소식이 끊겼습니다.

집을 비운 사이 바람난 남편

한 달 동안 시댁 농사일을 도와주고 왔더니
남편은 동네 술집 여자와 바람이 났습니다.
그 여자는 우리 애들을 돌봐 준다는 핑계로
우리 집을 드나들고 있었습니다.

하루는 남편이 그 집에서 나오는 것을
붙잡아 나는 한 달 동안 뼈 빠지게 일하고
왔는데 헛짓거리 하고 있었냐고 했더니
남편은 화를 못 이기고 연탄을 들고 와
나한테 던졌습니다. 그래서 나는
연탄에 맞아 걷지를 못했습니다.

남편은 눈에 보이는 것이 없었습니다.
내 멱살을 잡고 벽에다 머리를 얼마나
찧었는지 얼굴이 부어 밖에도 못 나갔습니다.

남편은 그 뒤로는 바람도 안 피우고
나한테 잘했습니다. 그런데 요즘은
머리가 울리면서 아프고 어지러워
그때 맞은 생각이 납니다.

목사가 된 큰아들

3남 2녀를 키우면서
큰아들 때문에 겪었던 일입니다.
큰아들이 갑자기 음악 한다고 기타를 들고
다녔습니다.
남편은 엄청 화가 나서 몽둥이를 들고
큰아들을 쫓아다녔습니다.
큰아들은 아버지 무서워 집에도 못 들어오고
밤에 몰래 담을 넘어 와 밥을 먹었습니다.

큰아들은 목사가 되겠다고 신학공부를 했습니다.
남편은 엄청 반대를 했습니다.
나는 중간에서 속이 상했습니다.
그리고 나는 큰 수술을 4번이나 하고
죽을 고비를 믿음 생활로 넘겼습니다.
그때서야 남편은 목사가 된 큰아들을 받아들였습니다.
지금은 우리 가족 모두 열심히 믿음 생활을 하고 있습니다.

교회설립16주년기념2011.417

공부는 내게 큰 선물

글을 모를 때는 자식들이 돈을 부쳐도
몰랐습니다. 세금이 나간 것도 몰랐습니다.

은행에 가서 번호표를 뽑아 들고
내 차례가 지나가도
모르고 앉아 있었습니다.

그렇게 답답하게 살았던 내가 글을 배우니까
돈이 들어오고 나간 것도 다 알고
어디를 가도 두렵지가 않고 통이 커졌습니다.

자식들이 엄마 많이 배웠다고 합니다.
나는 칭찬을 들으면 기분이 좋아 행복합니다.

내가 와사증을 앓아서 말을 잘 못했습니다.
그런데 공부를 하니까 많이 좋아져서
자신감이 생기니까 성격도 활달하게 변했습니다.

그래서 공부가 나에게는 큰 선물입니다.

(34쪽)

2018년 4월 16일

두 번째 이야기

내 이름은 손경애입니다

손 정애사랑이

2이8년 4월 25일 사랑하는손녀

내 이름은 손경애입니다

태어난 곳은 전북 순창군 유등면 창실입니다.
2남 2녀 중 첫째 딸로 태어났습니다.

키는 작지만 애교가 많아 인기가 많습니다.

취미는 노래 부르고 음악 듣는 것을 좋아해서
남들이 이미자를 닮았다고 했습니다.

젊었을 때는 이미자보다 노래도 잘하고 얼굴도
더 낫다고 생각하고 밤이나 낮이나
이미자 흉내를 내며 노래를 불러 댔습니다.

세월이 흘러 내 나이 예순여덟이 되었습니다.
살아오면서 산전수전 다 겪느라
지금은 건강이 좋지 않습니다.

이제는 노래 한 곡 부르는 것도 숨이 차서 힘듭니다.

불쌍한 우리 엄마

자다가 일어나 보니
엄마 혼자서 애기를 낳았습니다.
엄마는 몸조리도 못 하고 장사를 갔다가
밤중이 돼야 집에 왔습니다.

　　나는 갓난이 동생을 돌보며
　　밥을 담아 아랫목에 묻어 놓고
　　엄마를 기다리며 많이 울었습니다.
　　엄마는 막내를 낳고 많이 아팠습니다.

　　　　옆집에서 보리개떡 먹는 것을 보고
　　　　나도 먹고 싶었습니다.
　　　　그래서 엄마한테 졸랐습니다.
　　　　그런데 엄마는 몸이 아파 보리개떡을
　　　　쪄 주지 못하고 돌아가셨습니다.

나는 엄마 마음을 아프게 해서 늘 미안했습니다.

반대 결혼

한동네 사는 친구 오빠가
    결혼하자고 내 손을 잡았습니다.
        나는 맘에 안 들었지만 손을 잡았기 때문에
        결혼을 해야 되는 줄 알았습니다.

            시부모 될 사람은 우리 집이 못산다고
      싫어했습니다.
    우리 엄마도 시아버지 될 사람이 까칠하고
    술 투정이 심하다고
반대했습니다.

그런데 친구 오빠는 결혼 안 시켜 준다고
    잠적했습니다.
        시어머니 될 사람은 우리 집에 쫓아와
          아들 내놓으라고 난리를 치고
            내 탓을 했습니다.

      그래서 어쩔 수 없이 양가에서
맘에 없는 결혼을 허락했습니다.

덴푸라

형편이 어렵다 보니 싸고 양 많은
덴푸라를 매일 도시락 반찬으로 싸 줬습니다.
딸들이 말없이 잘 먹어서 좋아하는 줄
알고 집에서도 자주 해줬습니다.

　　그런데 몇 달 전 딸들과 이야기를 하다
어릴 때 덴푸라를 질리게 먹어서
지금은 쳐다보기도 싫다고 했습니다.

　　그리고 피아노가 너무 배우고 싶었다는
말도 했습니다. 나는 그 말을 듣고 깜짝
놀랐습니다. 지금껏 자식들 맘도 모르고
살았다는 것이 미안하고 부끄러웠습니다.

　낮에는 남의 집에 일을 다니고
밤에는 구슬을 하나라도 더 꿰려고 밤잠을
설치며 살았는데 형편은 늘 어려웠습니다.
그래서 자식들에게 잘해 주지 못했습니다.

나의 꿈

어릴 때 꿈은
노래를 좋아해서 가수가 되고 싶었습니다.
글을 몰라서 꿈으로만 남았습니다.

결혼해서 꿈은
시부모님과 따로 사는 것이었습니다.
성격이 까칠하고 술 주정이 심한
시아버지가 무서웠습니다.
애들이 고기 달라고 노래를 불렀습니다.
시아버지가 무서워서 못 사 먹었습니다.
애들한테 흰쌀밥을 먹였다가 밥상이 날아갔습니다.
날마다 벌벌 떨었습니다.
딸을 많이 낳았다고 구박도 했습니다.

지금은 시부모님도 남편도 없습니다.
그런데 화병을 얻어 건강이 좋지 않습니다.
앞으로 꿈은 몸과 마음이 건강해지는 것입니다.

아들 중학교 납부금

젊었을 때 서울에서 살았습니다.
그런데 나는 몸이 많이 아팠습니다.
하루는 이웃집에 사는 친구와 영등포시장을 갔습니다.

그런데 내가 몸이 아프다 보니 약초가 눈에 들어왔습니다.
그래서 아들 중학교 납부금을 주고 약초를 샀습니다.
없는 형편에 겨우 마련한 납부금이었습니다.
그런데 그 약을 알아봤더니 가짜였습니다.

나는 사기를 당했다는 생각에 비참했습니다.
그래서 죽어야겠다 생각하고 정리를 했습니다.
청소도 하고 이불 빨래도 했습니다.
그리고 연탄불을 방에 피워 놓고 방문을 잠갔습니다.
그런데 퇴근해서 들어온 남편이 놀라서
창문을 깨고 들어와 나를 살렸습니다.

남편은 돈은 또 벌면 된다고 달랬습니다.
미안하고 고마웠습니다.

치매 앓은 시어머니

시아버지 제삿날 시동생은
마트에서 막걸리 한 병과 사과 세 개를 사서
　　　배달을 시켜 놓고 시어머니도 안 보고 갔습니다.

　　　시어머니는 4년째 치매를 앓고 계셔서
　　내가 대소변을 받아 내고 있었습니다.
　　잠시라도 집을 비우면 변기통에 세수를 하고
　가스에다 신발을 태우고 냉장고를 뒤져
엉망을 해놨습니다.

　　나는 혼자서 너무 감당하기 힘들어 동서 셋이서
　　1년에 두 달씩만 모셔 주면 나머지는 내가
　　　모시겠다고 했습니다.
　　그런데 못 모신다고 난리가 났습니다.
　그리고 시누들까지 발걸음을 끊었습니다.

나는 어버이날이 되면 시어머니가 불쌍해서
　꽃을 사다 달아 주면서 마음이 아팠습니다.

시아버지의 걱정

손 경애

시아버지는 내가 글을 알면 가게를 얻어 장사를
시키려고 했던 것입니다
그런데 내가 글을 모른다고 했더니 글도 모르고
앞으로 어찌 살 거냐고 걱정을 했습니다.

나는 시아버지한데 그 말을 듣고 너무 부끄러워
얼굴을 들 수가 없었습니다.

동네 각시들이 모여서 언제쯤 관광을 가면
좋을지 나보고 달력에 날짜를 보라고 했습니다.

그런데 나는 글을 몰라 대충 손으로 짚으면서
이날 가면 좋겠다고 말했습니다.
그리고 속으로는 글 모른 것이 들통날까봐
가슴이 벌렁벌렁 했습니다.

글을 모를 때는 뭐를 쓰라 할까봐 겁이 나서
사람들 많은 데도 가기 싫었습니다.
그래서 몸도 마음도 더 아팠습니다.

시아버지

시어머님

병아리

토끼

고양이

장독대

경대

사랑이

아버지

아버지는 그 많던 재산을 술과 여자, 노름으로 다 없애고
가난뱅이가 되었습니다.

엄마는 아버지 때문에 병을 얻어 젊은 나이에
돌아가셨습니다.

나는 아버지가 너무 미웠습니다.
학교도 안 보내 주고 술 먹고 노름하고
여자를 집까지 데려와 엄마랑 셋이 함께
잠을 자고 밥상까지 차려 바치게 했습니다.

나는 엄마가 돌아가시고 아버지와 인연을
끊고 살았습니다.

아버지가 돌아가셨을 때도 눈물 한방을 흘리지 않았고
엄마 산소에 갈 때도 아버지 묘는 쳐다보지도 않았습니다.
그런데 글을 배우면서부터 조금씩 마음에 문을 열었습니다.
그리고 처음으로 아버지 산소에 절을 올렸습니다.

4월 13일 금요일 손 경애

앵무새

7월 6일

2○18년 4월 14일 매실꽃 손경애

행복의 보약

손 경 애

나는 못 배웠다는 것이 늘 가슴 아팠습니다.
길을 가다 간판을 보면 알 수 없는 글자에
나도 모르게 눈물이 흘렀습니다.

그런데 지금은 은행을 가도 겁이 안 납니다.
일을 다녀도 답답하지가 않습니다.
평생 주눅 들었던 내 자신이 떳떳해졌습니다.
그리고 건강도 많이 좋아졌습니다.

대학생 손녀에게
큰사위에게 문자를 보내면 존경한다고
답을 해줍니다. 나는 가족들한테 칭찬을
들으니까 보약 먹은 것처럼 힘이 납니다.

그리고 그림을 그리다 보면 재미가 있어
끼니가 되도 배고픈 줄도 모릅니다.
못 그려도 내 그림을 보고 있으면 웃음이 나고
절로 행복해 집니다.

세 번째 이야기
구십을 바라보는 나이에
초등학생이 되었습니다

내 이름은 라양임입니다   라양임

나이는 85살입니다.
전주에서 태어났지만 송광면 이읍에서 살았습니다.
형제자매는 6남 1녀 중 양념딸입니다.
부모님은 양념딸이라고 내 이름을 양임으로 지어 주셨습니다.
별명은 부지런댕이입니다.
부지런하다고 그렇게 불렀습니다.

난리통에 오빠들이 네 명이나 행방불명되어
아픔을 겪었습니다.
부모님은 왜놈들 눈을 피해 나를 독아지 속에
숨기기도 했습니다.

나는 공부가 하고 싶었습니다.
밥할 때도 부지깽이를 시커멓게 태워서
내 이름하고 1부터 100까지를 썼습니다.
내가 아는 글자는 모두 그것뿐이었습니다.

내 이름은 황지심입니다

황지심

태어난 곳은 여수시 소라면 달천입니다.
형제자매는 4남 4녀 중 큰딸입니다.

올해 나이는 67살이 되었고
평생학습관 초등반에서 공부하고 있는 초등학생이기도 합니다.

얼굴은 계란형이고 웃는 인상입니다.
성격은 활달하고 부지런합니다.
키는 큰 편입니다.
음식은 가리지 않고 잘 먹습니다.

취미는 노래 부르고 춤추는 것입니다.
글을 잘 모를 때는 노래가 힘들었습니다.
글을 알고부터는 가사 보고 노래를 부를 수 있어
참 행복합니다.

지금은 어디 가나 노래를 잘해서 인기 짱입니다.

내 인생의 꿈 이정순

내 인생 첫 번째 꿈은
식구들 옷을 만드는 일이었습니다.
아버지는 양장점을 차려 주겠다고 약속을 했습니다.
신이 나서 양재를 배우러 다녔습니다.
그림을 그려 센티미터를 적어야 했습니다.
글을 잘 몰라 스트레스를 받았습니다.
그래서 양재를 그만두었습니다.

두 번째 꿈은
직장 다니는 사람한테 시집가는 것이 꿈이었습니다.
농사짓는 남편을 만났습니다.
촌에서 일하는 것이 싫었습니다.

세 번째 꿈은
자식들을 대학까지 보내는 것이 꿈이었습니다.
내가 못 이룬 꿈을 자식들이 대신 해 줬습니다.
앞으로 꿈은 건강하게 공부하는 것입니다.

팔남매 형제자매 황지심

나의 꿈

김영분

나는 가수가 되고 싶었습니다.
공부를 안 해서 포기했습니다.

자식들이 선생 되는 것이 꿈이었습니다.
둘째 아들이 선생이 되었습니다.
참 기뻤습니다. 선생 한 달 만에 그만두었습니다.
외국으로 가 버렸습니다. 꿈이 깨졌습니다.

영감하고 양지바른 곳에서 기와집 짓고
사는 게 꿈이었습니다.
영감이 먼저 저세상으로 갔습니다. 꿈을 이루지 못했습니다.

앞으로 내 꿈은
초등학교 졸업장을 받는 것입니다.
중학교 공부도 해 보고 싶습니다.

졸 업 장

이름 : 김 영 분

위 학생은 순천 초등학교
를 졸업하였음을 증명합니다

순천초등학교장

나의 꿈 김덕례

결혼하기 전에 꿈은
양장점을 하는 것이었습니다.
예쁘게 수를 놓고 밥상보 베갯잇을 만들어
사람들에게 나눠주는 것도 꿈이었습니다.
그런데 시집을 빨리 가서 그 꿈을 이루지 못했습니다.

결혼을 해서 꿈은
남편이 술을 끊는 게 꿈이었습니다.
날마다 고주망태 남편이 싫었습니다.
남편은 오랜 세월 술을 마시다 돌아가셨습니다.

지금 내 꿈은
아픈 딸이 건강하게 잘 사는 것입니다.

앞으로 내 꿈은
죽는 날까지 요양원 안 가고 사는 것입니다.

(70쪽)

이룰 수 없는 꿈

송영순

산골에서 어렵게 살다 보니 늘 배가 고팠습니다.
꿈이 뭔지도 몰랐습니다.
내 또래 애들이 학교 가면 부러웠습니다.
나는 학교 갈 형편이 아니었습니다.

돈 때문에 재판을 받은 적이 있습니다.
돈이 없고 글이 부족해 어려움을 겪었습니다.
변호사가 되고 싶다는 꿈을 꾸었습니다.
힘없는 사람들을 도와주고 싶었습니다.
이룰 수 없는 꿈이었습니다.

지금은 소박한 꿈을 꾸고 있습니다.
꽃이나 나무를 가꾸고
내 주위에 분들과 오순도순 사는 것입니다.

앞으로 내 꿈은 아픈 다리를 빨리 수술할 수 있는 날이 오기를
간절히 꿈꾸어 봅니다.

이장이 되는 꿈

임순남

어릴 때 꿈은 학교에 다니는 것이었습니다.
우리 집은 학교가 멀리 있는 작은 동네였습니다.
재 너머에 문둥이들이 잡아먹는다는 말에 무서워서
학교를 가지 못했습니다.

처녀 때 꿈은 큰 동네로 시집가는 것이었습니다.
잘생기고 착실한 남편을 만나는 것이 꿈이었습니다.
꿈은 이루어졌습니다.

결혼해서 살면서 꿈은 돈을 많이 장만하는 것이었습니다.
결혼 10년 만에 꿈을 이루었습니다.

앞으로 내 꿈은 글을 많이 배워 우리 동네 이장이 되는 것입니다.

내 이름은 양순례입니다

양순례

나이는 86세입니다.
태어난 곳은 순천시 해룡면 상내리입니다.
형제자매는 2남 5녀 중 넷째 딸입니다.

처녀 때 별명은 번개였습니다.
무엇이든 척척 빠르게 잘한다고 그렇게 불렀습니다.

성격이 화끈하고 나누어 먹는 것을 좋아합니다.
샘도 많고 책임감도 강합니다.
공부하는 것도 좋아합니다.

젊어서 야학에 다닌 적도 있습니다.
왜놈한테 이리저리 쫓겨 다니다가
결국 글을 배우지 못하고 말았습니다.

구십을 바라보는 나이에 초등학생이 되어
날마다 숙제하고 구구단을 외우느라 바쁩니다.

네 번째 이야기

지금 생각하면 엄마가 너무 불쌍하고 미안합니다

반란군 때문에

라양임

인민군들이 나와 한 살 많은 여자 조카를
끌고 갔습니다. 그런데 나는 돌려보내고
조카만 데리고 갔습니다.
그 뒤로 조카는 영영 돌아오지 못했습니다.

오빠들이 넷이나 반란군한테 끌려가고
순경들은 우리 집을 감시했습니다.

그리고 작은집 식구와 우리를 냇가로
끌고 가 작은아버지를 총으로 쐈습니다.
작은아버지는 그 자리에서 숨을 거두고
우리들은 무서워 벌벌 떨었습니다.

우리는 몇 달을 냇가에서 천막을 치고
감시를 받으며 살았는데 엄마는 내가
잡혀갈까 봐 늘 마음을 졸여야 했습니다.

나를 고생시킨 엄마

하순자

엄마는 시장에서 생선 장사를 했습니다.
나는 동생을 업고 젖을 먹이러 다녔습니다.
쌀을 씹어 죽을 끓여 먹이기도 했습니다.
누덕바지로 만든 기저귀에 오줌을 싸서
내 등이 다 젖었습니다.

엄마는 형편이 어렵다고 아홉 살 먹은 나를
국밥집으로 보냈습니다.
그리고 한 번씩 와서 돈을 챙겨 갔습니다.

추운 겨울에는 찬물에 설거지하는 것이
정말 싫었습니다. 눈칫밥을 먹으며
힘들 때마다 엄마를 원망했습니다.

나중에 잘살면 도움은 안 주리라 생각했습니다.
그런데 좋은 시아버지를 만나 많이 도와주었습니다.

보고 싶은 큰오빠   김유례

아버지가 호롱불에 기름을 붓다
큰오빠 다리에 화상을 입혔습니다.
엄마는 얼른 소주를 갖다 담갔는데
퉁퉁 부어 걸을 수가 없었습니다.
밤이면 아파서 끙끙 앓고 잠도 못 잤습니다.

큰오빠는 며칠 후면 학교 운동회 날이라고
걱정이 돼서 울었습니다. 아버지는 큰오빠가
안쓰러워 리어카에 태우고 갔습니다.
나는 큰오빠가 너무 불쌍했습니다.

큰오빠가 30대에 교통사고로
조카와 함께 저세상으로 갔습니다.
나는 엄마가 일찍 돌아가셔서 큰오빠를 의지했습니다.
큰오빠도 나를 자식처럼 돌봐 주었습니다.
그래서 지금도 큰오빠만 생각하면 눈물이 납니다.

불쌍한 송아지   김유례

어미 소가 예쁜 송아지를 낳았습니다.
아버지와 나는 너무 기뻤습니다.
아버지는 미역국을 끓여서 어미 소에게
줬습니다.

며칠 후 어미 소가 새끼에게 젖을 주지
않았습니다. 아버지는 걱정이 돼서
깨끗하게 목욕을 하고 어미 소 앞에
물을 떠 놓고 빌었습니다.
그런데 얼마 있다가 송아지가 죽었습니다.

아버지와 나는 송아지를 묻고 오면서
가족을 잃은 것처럼 슬펐습니다.
그리고 돌아가신 엄마 생각이 나서
며칠을 울었습니다.

아버지는 날마다 괴로워 술을 마셨습니다.
나는 아버지마저 잃을까 봐
걱정이 됐습니다.

철부지

김명남

내가 다섯 살 때 아버지가 돌아가셨습니다.
아버지는 학교에서 군인들이 모인다는 말을
듣고 갔다가 반란군들에게 변을 당했습니다.

아버지가 돌아가신 날은
할아버지 제삿날이었습니다.
나는 아버지 초상 치르는 줄도 모르고
잔치한다고 무척 좋아했습니다.

아버지가 안 계신 우리 집은
언니들이 열심히 엄마 일을 도왔습니다.
그런데 나는 말도 안 듣고 철없이 굴었습니다.

식구들이 먹을 밥을 가난한 친구 집에
퍼다 주고 냇가로 가서 먹기도 했습니다.
그래서 식구들이 밥을 굶을 때도 있었습니다.

동생 생각

김영분

저는 충북 괴산군에서
아버지는 쌀장사를 하시고 할머니는 떡장사를 해서
형편이 좋은 집에서 살았습니다.

그런데 아버지가 쌀장사를 해서 번 돈을 모두
사기를 당하고 다시 물감장사를 해서 번 돈은
나쁜 사람들에게 다 털렸습니다.

우리 집은 빈털터리가 되어 문경으로 이사를 갔습니다.
내가 열한 살 때 피난을 갔을 때 일입니다.
피난길에서 동생이 죽었습니다.

죽은 동생을 어디다 두고 갈 수가 없어서
하루 종일 업고 다녔습니다.

지금도 죽은 동생을 잊을 수가 없습니다.

아버지의 품

김덕례

아버지는 셋째 딸인 나를 무척 예뻐하셨습니다.
나는 아버지가 아픈 줄도 모르고
늘 무릎에 앉아 놀았습니다.

어머니는 애가 타서 점을 보러 갔습니다.
그런데 그 사이 아버지가 돌아가셨습니다.

가족들은 아버지가 돌아가신 것을
아무도 보지 못했습니다.
한동네 사는 고모가 우리 집에 왔다가
내가 돌아가신 아버지 품에서 자고 있는 것을
떼어 놓았다고 했습니다.

나는 아버지가 돌아가신 뒤에는
밖에 나가는 것을 싫어했습니다.
그래서 늘 방 안에서 수만 놨습니다.

동생들과의 추억 이정순

동생들하고 핀치기 제기차기를 하다가
수없이 싸웠습니다.

아버지는 동생들과 싸울 때마다 나만
혼내고 밖으로 쫓아냈습니다.

동생들과 나는 아이스께끼를 하나 사서
한 입씩 베어 먹다 많이 먹었다고 싸우고
날마다 시끌벅적 조용할 날이 없었습니다.

하루는 부모님 몰래 보리를 퍼다 주고
아이스께끼를 실컷 사다 먹었습니다.
그리고 동생들에게 입단속을 시켰습니다.

아버지는 보리가 작아졌다고 혼잣말을 하면서도
우리를 의심하지는 않았습니다.

지금은 그 시절이 가끔 그립습니다.

무서운 화롯불

임영애

저는 8남매 큰딸입니다.
내가 동생들을 다 업어 키웠습니다.
소깔도 베고 소 밥도 주고
일꾼들 새참도 해다 날랐습니다.

담배를 많이 피우시던 할머니는
소죽을 쑤고 나면
화롯불을 담으라고 했습니다.

하루는 기어 다니는 남동생이 화롯불에
머리를 데어 숨이 넘어갈 듯 울었습니다.

남동생은 병원에서 치료를 받았습니다.
그런데 주사를 잘못 맞아
평생 다리를 절게 되었습니다.

2018년 나월 13일   임영애

소식 없는 친구   라양임

내가 열 살 때 난리가 났습니다.
나는 왜놈들한테 끌려갈까 봐
맘 놓고 밖에 나가지도 못했습니다.
일본놈들은 학생들보고 보리를 밟으라고 시키기도 했습니다.
나도 학생인 척 어울려 다니며 보리를 밟기도 했습니다.
날마다 무서웠습니다.

그리고 열다섯 살 때 일입니다.
옆집에 살던 친구 둘이와 나는 호롱불을 켜 놓고 수를 놓았습니다.
그런데 밖에서 나무 부러진 소리가 나더니 친구가 한 명씩
밖으로 나갔습니다. 그리고 연락이 끊겼습니다.
나중에 들리는 소문에 친구 둘이는
군인을 따라갔다는 것입니다. 그런데
친구 한 명은 죽고 한 명은 살았다는 말만을 들었습니다.

그리고 지금까지
소식을 알 수 없습니다.

오빠에게 미안한 마음   황지심

8남매의 맏딸로 태어나 동생들 돌보고
집안일 하느라 공부를 못 했습니다.

오빠가 군대에 있을 때 일입니다.
가끔 오빠한테 편지를 받았습니다.

나는 글을 몰라 답장을 못 했습니다.
미안했습니다. 속상하고 답답했습니다.

동생들보고는 꼭 공부하라고 했습니다.

시집갈 나이가 되어 중매가 들어왔습니다.
나는 배우지 못한 것이 걱정이 되었습니다.
시집을 가야 할지 고민도 했습니다.

그리고 칠십이 다 되어 글을 배우고 있습니다.
살아생전 오빠에게 꼭 편지를 쓰기 위해서입니다.

황지심

다섯 번째 이야기
엄지발가락이 멋있어서
결혼했습니다

구멍 뚫린 양말 때문에 결혼

장선자

이모 집에 심부름을 갔는데
모르는 남자가 있었습니다.
알고 봤더니 나와 선볼 사람이었습니다.

나는 그 사람이 맘에 안 들었습니다.
그런데 구멍 뚫린 양말 사이로 보이는
하얀 엄지발가락이 갑자기 멋있어 보이고
맘이 갔습니다.

우리는 맘에 들어 자주 만났습니다.
하루는 둑길을 걷다 광양까지 갔습니다.
그 사람이 자장면을 먹자고 했습니다.
그런데 메뉴판을 보더니 나가자고 해서
다시 걸어서 집으로 왔습니다.

나중에 돈이 모자라서 그랬다고 했습니다.
남편은 자장면 한 그릇도 못 사줄 정도로
가난했습니다.

남편이 준 믿음

장선자

남편은 돈이 없어 남의 집 닭장을
얻어 신혼 방을 만들었습니다.
나는 속았다는 생각에 살아야 할지
고민이 돼서 밤마다 뒷산에 가서 울었습니다.

이모가 모내기를 한다고 장을 봐 주라고
보리쌀 두 가마니 값을 주었습니다.
그런데 장을 보다 돈지갑을 잃어버려
우리 돈으로 장을 봐다 주었습니다.

남편한테 말할 것이 걱정이 돼
도망을 갈까 고민하다 말을 했습니다.
그런데 이모가 알면 미안해한다고
둘이만 알고 덮자고 했습니다.

갑자기 남편이 달리 보이고 믿음이 생겼습니다.
내 인생 맡겨도 되겠다는 생각이 들어
살게 되었습니다.

허수아비 신랑과 결혼식 할 뻔 하순자

고등학교에 다니는 남자와 서로
좋아했습니다. 그런데 남자 집에서
내가 못 배우고 가난해서 싫다고 해서
중매로 결혼했습니다.

6남매 맏이와 선을 봤습니다.
신랑 될 사람은 군인이었습니다.
나는 맘에가 안 들었는데
그쪽에서는 나를 좋아했습니다.
그리고 부모들끼리 결혼 날짜를 잡았습니다.

결혼식 날 신랑이 군대에서 못 온다고
연락이 왔습니다. 부모들은 걱정이 돼서
허수아비를 신랑 대신 만들었습니다.
그런데 신랑이 결혼식 날 나타났습니다.

결혼한 날 한쪽에서는 상여가 나갔습니다.
어른들은 부정 타서 못산다고 했습니다.
그런데 부자로 잘살았습니다.

(100쪽)

2018년 5월 15일 하 순 자

얼떨결에 밤을 받아 결혼   김영분

대구에서 공장을 다니다 휴가를 얻어
부모님을 보러 갔다가 아버지한테
붙잡혀 결혼을 했습니다.

어떤 할머니가 우리 집에 와서
물을 달라고 하면서 나를 훑어보았습니다.
그리고 뒷날은 키 큰 남자가 우리 집을
보면서 지나갔습니다.

그리고 그날 밤 옆방으로 오라고 해서
갔더니 낮에 본 남자가 있었습니다.

        나는 부끄러워 고개를 숙이고 있는데
        그 남자가 상 밑으로 밤을 주었습니다.
        나는 아무것도 모르고 받았습니다.
        그런데 밤을 받으면 결혼 승낙한다는
        뜻이라고 했습니다.
        그래서 얼떨결에 결혼을 하게 되었습니다.

작은아들이란 말에 결혼   배연자

여덟 살 많은 총각하고 선을 봤습니다.
우리는 선을 보자마자 약혼 사진을 찍고
뒷날은 약혼 반지를 맞췄습니다.
그리고 선본 5일 만에 결혼을 했습니다.

우리 엄마는 작은아들이고 집을 사 준다는 말에
속아서 결혼을 시켰습니다.

시댁은 너무 가난했습니다.
쌀이 없어 점심을 감자와 고구마로 때웠습니다.

시어머니가 잠잘 방이 없어
하루는 형님 방에서
하루는 우리 방에서 잤습니다.

그때 시어머니는 우리와 함께 자면서
얼마나 불편했을까 생각하면 짠합니다.

2018년 5월 1일 김정자

사진만 찍은 결혼식   김정자

공장을 다니다 폐병에 걸렸습니다.
엄마가 열심히 잡아다 준 해산물을 먹고
폐병이 나았습니다.

건강이 좋아져 식모살이를 갔습니다.
그런데 2년 동안 월급을 받지 못해
다시 집으로 왔다가 결혼을 했습니다.

엄마는 잘산다는 중매쟁이 말만 듣고
시집을 보냈습니다. 그런데 남편은
직장도 없고 가난했습니다.
나는 결혼식도 못 올리고
사진만 찍고 살았습니다.

웨딩드레스가 입고 싶었습니다.
그래서 칠순 때 입으려고 생각했습니다.
그런데 남편이 교통사고로 한쪽 수족을
못 쓰고 병상에 누워 있습니다.
이제는 그 꿈도 다 깨졌습니다.

(105쪽)

까다로운 시누   김영분

시댁은 가난해서 좁쌀로 밥을 해 먹었습니다.
그런데 좁쌀을 잘 씻어도 식구들이
밥을 먹다 돌을 자주 씹어 미안했습니다.

　　　　열두 살짜리 시누는 내가 시집을 가자마자
　　　　우리 방에 와서 잠을 잤습니다.
　　　　그런데 돌도 못 골라내고 밥을 한다고
　　　　타박하고 시집올 때 아무것도 안 해 왔다고
　　　　흉을 보고 다녔습니다.

나는 속이 상해 친정 가서 말했습니다.
친정 엄마는 없는 돈을 다 털어서
시누 옷을 사 줬습니다. 그런데 시누는
맘에 안 든다고 찢어버렸습니다.

시누가 9남매 맏며느리로 시집을
가더니 나한테 미안하다고 했습니다.
그리고 시누도 막내 시누를
데리고 잔다고 했습니다.

좋은 시댁 식구

배연자

시어머니가 저고리 깃을 달라고 했습니다.
그런데 나는 한번도 해 보지
않아 식은땀을 흘리며 저고리에다
손때를 꼬장꼬장 묻혀 가며 이상하게 달았습니다.
그런데 시어머니는 아무 말을 안 했습니다.

시어머니는 내가 조부모가 다 계신 집에서 컸다고
뭐든지 잘할 것이라고 생각했던 것입니다.

　　　신랑은 나한테 잘해 주었습니다.
　　　그런데 나는 친정에 가고 싶어
　　　매일 울었습니다.
　　　신랑은 보다 못해 업어서 냇물을 건네주고
　　　친정을 보내 주었습니다.

지옥 같았던 결혼생활   김덕례

남편은 매일 술을 먹었습니다.
어떤 놈을 숨겨 놓고 결혼식만 하고
도망갔냐고 따지고 족쳤습니다.

친정 오빠들은 살지 말라고 했습니다.
남편은 내가 도망가면 오빠들부터
차근차근 죽인다고 했습니다.

나는 친정 식구들이 괴롭힘을
당할까 봐 도망을 못 갔습니다.

　　　　남편은 술 때문에 부대에서
　　　　기합을 받고 야단을 맞아도
　　　　또 술을 먹었습니다.

　　　　남편은 결국 군대에서 쫓겨나고
　　　　매일 술을 마시다 간이 나빠져
　　　　일찍 저세상으로 갔습니다.

착한 남편

김명남

남편은 대나무 쪼개는 기술자였습니다.
나는 옆에서 바구니를 만들고
김발 만드는 일을 도왔습니다.
장날이 되면 장사꾼들이 와서
우리가 만든 물건을 섬으로 가져다 팔았습니다.

우리는 빈 몸으로 시작했어도
재밌게 살았습니다.
맛없는 음식을 해 줘도 늘 맛있다고 했습니다.
시댁 식구들도 잘해 주고 정말 행복했습니다.
평생 행복할 것 같았습니다.

그런데 살 만하니까
사고를 당해 내 곁을 떠났습니다.
나는 너무나 큰 충격을 받아
몇 번을 쓰러지고 기절을 했습니다.

치마 입고
애기 업고
밭하고
시장가고

2018.6.
권정자

큰동서

권정자

나보다 일곱 살 많은 큰동서는 일도 잘하고
아들만 넷을 낳아 기세가 등등했습니다.

큰동서는 내가 일을 못한다고 나무랐습니다.
나는 큰동서가 무서웠습니다.
그리고 자존심이 상해 많이 울었습니다.

시어머니는 큰동서가 양념을 아끼지 않고
범벅을 한다고 못마땅해 하셨습니다.
그래서 나한테는 아껴 쓰라는 말을
자주 하셨습니다.

나는 시어머니한테 배운 대로
아끼는 것이 습관이 됐습니다.
그런데 자식들은 궁상맞다고 싫어합니다.

올해 아흔네 살이 된 큰동서는
아직도 자식들한테 호령을 하며
당당하게 살고 있습니다.

열일곱 살 고등학생과 결혼

양순례

바느질을 하고 있는데 모르는 여자가
우리 집을 둘러보고 갔습니다.
그리고 뒷날 결혼하자고 연락이 왔습니다.

신랑감은 5남매 큰아들이었습니다.
그리고 열일곱 살 먹은 고등학생이었습니다.

우리 부모님은 나이가 어리고
식구가 많아 복잡하다고 반대했습니다.
그런데 오라버니가 우겨서
결혼을 시켰습니다.

신랑은 시아버지하고 나이 차이가
얼마 안 났습니다.
시아버지는 열두 살,
시어머니는 열일곱 살에
결혼을 해서 내가 시집가니까
서른일곱 살이었습니다.
그래서 시어머니와 나는 한집에서
애기를 낳아 쌍둥이처럼 키웠습니다.

시누와 시동생은 내 자식이었다　　　　　　　　양순례

시어머니와 나는 한 해에 애기를 낳았습니다.
시어머니는 젖이 안 나와 애기 시누에게 내 젖을 먹이며
내 자식과 쌍둥이처럼 키웠습니다.

시어머니는 애기 시누가 조금이라도 울음소리를 내면
난리를 쳤기 때문에 우물에 물을 길어 올 때도
업고 다녔습니다.

시누가 학교에 입학을 할 때도 소풍을 갈 때도
모두 내 차지였습니다.
고생은 여기가 끝이 아니었습니다.
시아버지가 작은마누라를 얻어 낳은
애기 시동생까지 돌봐 주라고 했습니다.

　　　　나는 시부모님 말씀을 거역할 수 없어
　　　　내 젖을 먹여가며 시누와 시동생을
　　　　내 자식처럼 키웠습니다.

새댁의 출산   한점자

나는 초도 섬에서 살면서 친정 아버지
생신을 쇠러 고흥으로 가려고 했습니다.
그런데 태풍이 온다고 배가 안 간다고 했습니다.
그래서 걱정을 하고 있었습니다.

그런데 동네 새댁이 애기를 낳는다고 배가 떴습니다.
그래서 나도 함께 배를 탔습니다.

바람이 세게 불어 배는 출렁이고 정신이 없었습니다.
그런데 새댁은 진통이 왔습니다.
그리고 배 안에서 애기를 낳았습니다.

　　　나는 산모와 아기가 무사하기를 바랐습니다.
　　　그리고 고흥에 도착해서 병원차가 싣고 가는 것을 보고
　　　마음을 놓았습니다.

나는 새댁 덕분에 친정 아버지 생신을 쇨 수 있어서
너무 좋았습니다.

옆집 각시

송영순

30년 전 여천에서 살 때 나는 옆집 각시와
친자매처럼 지냈습니다.
옆집 남편은 매일 술을 먹고 이틀이 멀다 하고
각시를 때렸습니다.
의처증도 심해 연탄불을 갈고 들어와도
남자 만나고 왔다고 괴롭혔습니다.
옆집 각시는 폭력에 시달려 그대로 두면
맞아 죽을 것 같았습니다.

그래서 나는 덕양에 방을 얻어 숨겨두고 쌀이며 반찬을 챙겨다 주고
친동생처럼 보살폈습니다. 그런데 어떻게 알았는지
옆집 남편이 쫓아와 각시를 끌고 갔습니다.

그리고 몇 달 후
옆집 각시는 백만 원을 빌려 달라고 사정을 했습니다.
나는 불쌍해서 일을 해서 번 돈을 주었습니다.
그런데 십오만 원만 주고는 다른 데로 이사를 가서 몇 년째 연락을
끊었습니다.
나는 친동생처럼 옆집 각시에게 잘했는데
배신당한 것 같아 화가 나고 속이 상합니다.

이웃집 엄마   정오덕

이웃집 엄마는 스물일곱 살에 혼자되어 아들 둘을 데리고 살았습니다.
엄마와 작은아들은 농사를 지어서 큰아들 뒷바라지를 했습니다. 이웃집
엄마는 밥하는 시간도 아까워 일을 많이 하려고 한꺼번에 밥을 많이
해 놨습니다. 그리고 우리는 국을 많이 끓이라고 부탁했습니다. 이웃집
엄마는 날만 새면 들에 나가 일을 하고 때가 되면 찬밥 들고 우리
집에 와서 국물에 말아 먹었습니다. 그렇게 해서 큰아들을 법관으로
키워내셨습니다.

이웃집 엄마는 나를 친딸처럼 생각했습니다. 시집가면 뭐든지 잘해야
한다고 논일 밭일을 데리고 다니며 가르쳤습니다. 내가 결혼해서 살 때도
우리 집에 오고 싶어 했는데 형편이 어려워 한 번도 오시라는 말을
못했습니다. 지금은 저세상으로 떠나고 안 계시지만 늘 마음에 걸립니다.

정 오덕

이웃집 새댁

김명남

30년 전 순천으로 이사를 와 장사를 했습니다.
장사를 해서 번 돈은 15명이 낙찰계를 했습니다.
나는 목돈을 타려고 마지막 번호를 택했습니다.

       그 계주는 이웃집 새댁이었습니다. 그런데
       낙찰계가 거의 끝나갈 무렵
       새댁이 도망을 갔습니다. 나는
       기타 교습을 하는 새댁이 성실해 보여서
       믿고 낙찰계를 했던 것입니다.

그 새댁은 제주도로 도망가려다 붙잡혀 왔습니다.
나는 경찰서로 달려갔습니다. 화가 났지만
새댁을 보는 순간 불쌍한 마음이 들어 다달이
조금씩 갚는다는 조건으로 고소를 취하했습니다.

그런데 새댁은 10만 원씩 몇 달 주고는 돈을 주지
않으려고 나를 피했습니다. 길에서 마주치면
나를 외면했습니다.
그 뒤로 영영 돈을 받지 못했습니다.

여섯 번째 이야기
남편과 자식들 때문에
편한 날이 없었습니다

김 영문 2018년 5월 1일

남편 버릇 고치기   김영분

이불 홑청 주름을 편다고 남편하고 둘이서
양쪽을 잡아당겼습니다.
그런데 남편이 홑청을 잡아당기다가 손을
놔 버려 내가 뒤로 벌러덩 넘어갔습니다.

이번에는 내가 장난을 치려고 손을 놨습니다.
그런데 벌러덩 누워 있던 남편이 벌떡 일어나더니
어디 여자가 남자한테 그럴 수 있느냐 하면서
빗자루를 가져와 나를 때렸습니다.

그래서 나는 기절을 했다가 깨어나 보니
침쟁이가 온 몸에 침을 꽂아 놓고 식구들이
다 모여 걱정을 하고 있었습니다.
남편은 그 뒤로는 절대 손을 대지 않았습니다.

남편은 자기 생일날 밥을 빨리 안 준다고
상을 엎어 밥상이 망가졌습니다.
그래서 나는 상을 새로 안 사고 석 달 동안
땅바닥에 밥을 줬더니 그 뒤로는 상을 안 엎었습니다.

뒤끝 없는 영감

라양임

우리 영감은 나하고 금방 싸워 놓고도
"어이 밥 먹세" 하고 안 싸운 것처럼 했습니다.
나는 화가 났다가도 뒤끝 없는 영감 때문에
금방 화가 풀렸습니다.

우리 영감은 성질은 급해도 정이 많았습니다.
내가 마루에 앉으면 차갑다고
얼른 방석을 가져다 깔아 주었습니다.

나 자신보다 남을 먼저 생각한 사람인데
처음에는 내가 철이 없어 영감 속을 썩였습니다.

영감은 군대에서 죽을 고비를 많이 넘겼습니다.
이북 사람한테 몇 번을 잡혀갔다 오고
총을 맞아 상해 군인이 되었습니다.

나는 영감이 돌아가시고 나서 잘해 주지 못한 것이
미안하고 후회가 되었습니다.

남편의 죽음

배연자

남편은 아침으로 일찍 일어나 가마솥에
물을 한 솥 채워놓고 아궁이 재를 다
담아내고 집안일을 잘 도와줬습니다.

그런데 내가 막둥이를 낳고 하루 뒷날
돌아가셨습니다. 나는 갑작스럽게 당한
일이라 믿기지가 않았습니다.

남편은 며칠 몸이 아프다고 했습니다.
그런데 돈이 없어 병원을 안 가고 있다가
내가 애기를 낳고 뒷날 일찍 병원을 갔습니다.
그런데 오전11시쯤 시숙남이 죽은 남편을 업고
와서 얼굴을 비비며 울었습니다.

나는 애기를 낳은 지 얼마 안 돼 밖에도 못나오고
방에서 얼마나 울었는지 얼굴이 탱탱 부었습니다.
그리고 남편이 빨리 병원에 가지 못한 것이 너무나
한스럽고 가슴이 아팠습니다.

불속의 아들이

배연자

섣달그믐날 갓난 애기 목욕을 시키려고
불을 때서 물을 데우고 있는데
다섯 살짜리 아들이 옆에서 놀았습니다.

그리고 나는 방에서 애기 목욕을 시키다가
부엌에 있는 아들이 너무 조용해서 뭐하냐고
했습니다. 그런데 나무가 다 탄다고 했습니다.

나는 애기 목욕을 시키다 부엌으로 쫓아갔습니다.
그런데 부엌에는 연기는 꽉 차 있고 불속에
아들이 있었습니다. 나는 얼른 아들을 안고 나와
불이야 하고 소리를 지르는데 말이 안 나왔습니다.

동네사람들은 물동이를 들고 와 불을 끄고
한 동네 사는 시숙님은 우리 아들을 안고
큰집으로 가서 안정을 시켰습니다.
그때 나는 남편이 돌아가신지 며칠 안 되었을
때라 제정신이 아니었습니다.

딸 여섯

정오덕

나는 딸 여섯을 낳았습니다.
하나 둘을 낳고 셋을 낳았을 때부터는
동네 사람들 입방아에 오르내렸습니다.
또 딸을 낳았다고 쑥덕거리고 흉을 보았습니다.
서러워서 미역국도 밥도 못 먹었습니다.
부끄러워서 밖에도 못 나갔습니다.
딸 여섯을 낳을 때마다 눈물만 났습니다.

막내 시누는 남편 보고 각시를 얻으라 했습니다.
나는 혼자서 딸들을 키우려고 맘을 먹었습니다.
그런데 남편은 각시를 얻지 않았습니다.

나는 딸들을 아들 못지않게 키웠습니다.
딸들도 열 아들 부럽지 않게 나한테 잘합니다.
지금 같으면 행복해서 백년이라도 살고 싶습니다.

여섯 자매   정오덕

첫째 딸은 말괄량이 짓을 하며
남자애들하고 어울려 다니면서 애를 먹이고

둘째 딸은 정직하고 꼼꼼한 것이 나와 비슷해
제일 잘 맞고

셋째 딸은 얼굴도 예쁘고 공부를 잘해서
나를 기쁘게 해 주었습니다.

함께 살고 있는 넷째 딸은 살갑고 정이 많고

다섯째 딸은 샘도 많고 욕심이 많아
지금도 사랑을 독차지하려고 합니다.

여섯째 딸은 무조건 칭찬받는 것을 좋아합니다.

나는 딸들을 차별 없이 키웠다고 생각했습니다.
그런데 다섯째 딸은 언니하고 차별했다고 합니다.

개구쟁이 다섯 아들

라양임

옛날에는 살기는 힘든데 자식이 많아
제대로 먹이고 입히지를 못했습니다.
공부시키는 것도 정말 힘들었습니다.

우리 집도 애들이 여럿이다 보니
학교 안 보내 준다고 날마다 땡깡 부린 놈 혼자 힘으로 미국 유학까지
간 놈 냇가에서 먹을 감다 돌에 부딪혀 이가 부러진 놈 넘어져서 팔과
다리가 부러진 놈 발목에 금이 간 것도 모르고 리어카에 싣고 와서 발을
주물러서 고생을 많이 한 놈
하루도 조용할 날이 없었습니다.

아들 다섯 딸 하나를 키우면서 애간장이 다 녹았습니다.
부모가 능력 없고 무식해서 자식들 고생도 많이 시켰습니다.

지금은 다들 잘 살고 있습니다.

자식들의 마음

하순자

30대에 남편이 일찍 죽고
혼자서 5남매를 잘 키웠다고 생각했습니다.
그런데 자식들 생각은 아닌 것 같습니다.

큰아들은 내가 작은아들을 더 좋아했다고
섭섭한 마음을 비쳤습니다.

막내딸은 언니는 공부를 잘한다고
일도 안 시키고 자기만 일을 시켰다고
차별했다는 것입니다.
나는 자식들 말을 듣고 깜짝 놀랐습니다.

평상시 막내딸이 나한테 잘해서
그런 생각을 하고 있을 줄 몰랐습니다.
나는 자식들한테 뒤통수 맞은 기분이 들고
내 맘을 몰라줘서 서운합니다.

우리 딸 친구

임순남

우리 딸은 공부를 잘했습니다.
옆집 사는 딸 친구는 샘이 나서
우리 딸하고 경쟁을 했습니다.

하루는 우리 딸하고 옆집 딸하고
머리채를 잡고 싸움이 났습니다.
옆집 딸은 우리 딸 머리카락을 한 움큼
뽑아 놨습니다. 속이 상했습니다.

싸우지 말라고 몇 번을 얘기해도 소용이 없었습니다.
그래서 선생님한테 싸우지 않게 해 달라 부탁을 했습니다.
그런데 옆집 엄마는 내가 선생님께 나쁜 말을
한 줄 알고 쫓아와 난리를 쳤습니다.
그날 크게 어른 싸움이 되었습니다.
그런데 지금은 다들 어른이 되어
잘 살고 있습니다.

큰아들과 흙   권정자

큰아들이 중학교에 다닐 때
화분 하나씩을 가져오라고 한다길래
나는 바쁘다고 네가 알아서 하라고 해 놓고는
깜빡 잊고 있었습니다.

큰아들은 마당에서 수국을 하나 끊어
흙을 담아 학교에 가져갔던 모양입니다.

그리고 화분에 열심히 물을 줬더니
수국이 얼마나 예쁘게 꽃을 피웠는지
학교에서 최고상을 줬다는 것입니다.
그래서 상품을 많이도 받아 왔습니다.

나는 큰아들이 기특했습니다.
그래서 큰아들에게 흙이 너와 잘 맞는 것 같다고
흙을 사랑하고 가까이하라고 했습니다.

큰아들은 토목과를 가더니
측량 기사가 되어 지금은 잘 살고 있습니다.

(145쪽)

유별난 작은아들   김영분

나는 2남 3녀를 키웠습니다.
큰아들은 성격이 너무 태평하고
공부보다 놀기를 좋아해서 걱정이었습니다.

작은아들은 성격도 급하고 욕심이 너무 많아서 걱정이었습니다.
작은아들은 얼마나 샘이 많은지 공부가 남보다 떨어지면
분해서 잠을 못 잤습니다.
동네 놀이터에 있는 그네를 차지하려고
새벽 4시면 일어나 놀이터에 가기도 했습니다.
남이 그네를 먼저 타면 울고불고 난리가 날 정도로
유별났습니다.

둘째 딸은 어릴 때 눈을 뜨고도
앞이 안 보인다고 해서 놀랐습니다.
사람들이 장닭 생간을 먹이면 낫는다고 해서
그렇게 했습니다.
그런데 거짓말처럼 눈이 보여서
지금은 아들딸 낳고 잘 살고 있습니다.

큰아들 영혼 결혼식

임영애

큰아들이 군대를 갔다 와서 직장에 들어갔습니다.
그런데 못 하겠다고 나와서 놀았습니다.
나는 속이 상해도 말을 안 했습니다.

큰아들이 교회 전도하러 다닌 사람한테
빠져 있더니 그 사람들을 따라갔습니다.
그리고 부산으로 가서 교회 차를 몰았습니다.

큰아들은 부산에서 3년을 살았습니다.
그런데 교회 아가씨 한 명을 태우고 가다가
덤프트럭하고 부딪혀 그 자리에서 둘 다 죽었습니다.

나는 교회를 원망했습니다.
그리고 잘해 주지 못한 것만 생각났습니다.

나는 함께 죽은 아가씨 집에 말도 안 하고
우리 큰아들하고 영혼 결혼식을 올려 주었습니다.

동백꽃

4월 10 황지심

작은아들에게 미안한 마음 황지심

저는 2남 1녀를 두었습니다.

딸은 너무 예뻐서 다들 인형이라고 했습니다.
그런데 공부는 취미가 없었습니다.

큰아들은 태어날 때부터 할머니, 고모, 삼촌들한테
많은 사랑을 받았습니다.

작은아들은 운동에 소질이 많았습니다.
그래서 검도 선수를 하였습니다.
지금은 검도관을 운영하고 있습니다.

그런데 작은아들에게 미안한 일이 있습니다.
군대 있을 때 면회를 한 번도 못 갔습니다.
남편이 날마다 술을 많이 먹어서
혼자서는 찾아갈 수가 없었습니다.
작은아들은 가끔씩 서운하다고 말합니다.

일곱 번째 이야기
학교 가는 날이 가장
행복한 날입니다

글과 그림 수업을 함께한 선생님 두 분의 모습을 할머니들이 정성껏 그렸습니다.
여러 할머니들의 손글씨 글과 그림을 섞어서 엮었습니다.

우리 학생들

배움의 간절함   김명남

젊었을 때 식당을 하고 있으니까 보험회사 다니는
아는 사람이 보험을 들어주라고 해서 갔습니다.
그리고 종이를 주면서 생년월일을 쓰라고 했습니다.
나는 그때 생년월일이 뭔지도 몰라 그게 뭐냐고
물었더니 모두가 놀래서 나를 다 쳐다봤습니다.

나는 너무 창피해서 얼굴이 빨개졌습니다.
그리고 죽고 싶을 만큼 부끄러웠습니다.

우리식당에는 선생님들이 많이 오셨습니다.
그런데 선생님 한분이 촌으로 공부를 가르치러
다닌다고 했습니다. 나는 그때 글을 가르쳐 준다는
말에 귀가 쫑긋 했습니다.
그런데 식당을 하고 있어서 엄두를 못 냈습니다.

나는 허리수술을 하면서 식당을 접었습니다.
그리고 막내아들한테 공부가 하고 싶다고 했더니
공부할 곳을 알아보고 겨국 도와주었습니다.
그래서 글을 배우게 되었습니다.

답답한 마음

한 점 자

혼자 사니까 영수증이 날라 와도
읽지를 못해서 답답 했습니다.

남편이 돌아가시고 안계시니까
동사무소에서 일을 볼 때
은행에 가서 일을 볼 때가 가장 힘들었습니다.

성경책도 줄줄 읽어 보고 싶었는데 모르니까
답답 해서 공부가 하고 싶었습니다.

보험회사에서 뭐를 써주라고 했습니다.
나는 못쓴다고 했습니다.
그래서 그 사람들이 나 대신 다 써 줄 때
나는 바보 같아 부끄러웠습니다.

글을 모르는 것이 너무 창피 했습니다.
그래서 누가 뭐를 시키면 무조건 못한다고
거절을 했습니다.

선생님

우리선생님

2018년 5월 8일   하 순 자

김유례슝

자존심   김정자

모임에서 관광을 잤습니다
그런데 가이드가 이름과 주소를 쓰라고 했습니다
나는 글을 몰라 다른 사람보고 써주라고 했습니다
그런데 너무 창피해서 빨리 집으로 가고 싶었습니다

우리 모임에는 중학교, 고등학교를 나온 사람들이
많았습니다 그런데 나는 초등학교도 못 나와
늘 기가 죽어 남 뒤에 숨었습니다

남편도 낫 놓고 기역 자도 모르냐고 했습니다
나는 너무 자존심이 상해 울기도 많이 했습니다

글을 꼭 배워야겠다 생각했습니다
그런데 며느리가 쌍둥이를 낳아 애기를 봐주라고
해서 공부를 포기했습니다

글을 모르니까 손주들을 키우면서도 동화책도
못 읽어 주고 너무 답답했습니다
그래서 글을 배우게 되었습니다

교회 회장   장선가

내가 50대 일 때 교회 집사님들이
내가 싫다는 데도 막무가내로 회장을 시켰습니다.

그리고 한 달에 한 번씩 사람들 앞에서 성경
말씀을 읽으라고 했습니다 나는 긴장도 되고
떨려서 글을 더듬거리며 잘 못 읽었습니다.

그런데 목사님이 가방끈이 짧아서 그러니
이해를 해라고 광고를 했습니다
나는 너무 부끄럽고 창피해서 얼굴이 붉어졌습니다.
그리고 자존심이 상했습니다.

나는 회장을 안 하겠다고 했습니다.
그런데 기간을 채워야 한다고 안 된다고 했습니다.
그래서 3년을 회장을 하면서 얼마나 스트레스를
받았는지 교회가 나가기 싫었습니다.

글이 부족하니까 모든 것이 불편했습니다.
그리고 늘 주눅이 들었습니다.

행복한 일상　　　　　　　　김정자

글을 배우니까 그렇게 좋을 수가 없습니다
세금 영수증도 보고 돈도 뽑 수 있습니다

고속버스나 열차를 탈 때도 물어보지 않고
혼자서 다 할 수 있습니다

핸드폰 문자도 배우니까
병원에 있는 남편한테 예쁜 꽃도 찍어 보내고
힘내라고 문자도 보냅니다
남편은 내가 보낸 사진을 보고 너무 좋아합니다

남편도 사고가 나기 전에는 영어를 배우고 싶어
했습니다 경비 일을 하면서 아파트에 쓰인
영어를 몰라서 답답하다고 했습니다

그래서 내가 영어 알파벳 공부를 하면 옆에서
따라 했습니다 그런데 지금은 배울 수가
없게 되어 마음이 아픕니다

재미있는 공부

황 지 심

내가 태어난 곳은 너무 깊은 산골이어서
학교 가는 친구들이 없었습니다.
그래서 공부가 중요한지도 몰랐습니다.

결혼해서도 촌에서 일만 하고 살았습니다.
그래서 나한테는 글하고는 거리가 멀었습니다.

그런데 시내로 이사를 오니가
모든 것이 글이어서 덜컹 겁이 났습니다.

거리에 간판은 외국말 같이 보이고
버스를 타도 사람들한테 물어야 했습니다.

글을 모르니가 내가 좋아하는 노래교실도
다닐 수 없고 사는 재미가 없었습니다.

그래서 남편에게 글을 배우고 싶다고 했더니
적극 도와줘서 글을 배우게 되었습니다.

우울증

글을 모를 때는 면사무소나 농협에서 용지
가 날라 와도 무슨 내용인지 몰랐습니다.
그래서 답답할 때가 많았습니다.

절망에 한쪽 눈을 다쳐 각막이식을 받았습
니다. 그런데 통증이 심해 우울증까지 왔습
니다. 죽으려고 자살도 여러 번 시도 했습니다.
그런데 큰아들이 직장까지 관두고 나를 지켰습
니다.
나는 아들 때문에 살아야겠다고 생각하고
하고 싶었던 공부를 시작했습니다.

그리고 공부를 하면서 우울증도 사라졌습니다.
지금도 시도 때도 없이 통증이 올 때는 힘들지만
그래도 공부가 있어 잘 이겨내고 있습니다.
그림을 그릴 때도 새로운 것이 자꾸 떠오르고
실력이 느니까 자꾸 그리고 싶고 내가 화가가
된 것 같아 마음이 뿌듯합니다.

학교 가는 날　　　　　　　　　　　　　　김덕례

집에 있으면 몸이 아픕니다
그래서 가방 매고 학교 가는 날이 기다려지고
가장 행복한 날입니다

허리를 다쳐 학교에 못 나갈 때도
너무 학교가 가고 싶어 매일 달력을 보고
날짜만 봤습니다

식구들은 내가 공부를 못해도 무조건 잘한다고
합니다 그래서 기분이 좋고 힘이 납니다

그림도 처음 그릴 때는 너무 멸렸습니다
그런데 조금씩 그림이 나오니까 자신감이 생기고
나도 이런 일을 할 수 있구나 싶어 너무 행복합니다

앞으로도 계속 공부도 하고 그림도 그리며
살고 싶습니다

넓어진 마음

한 점 자

글을 배우니까 마음이 넓어진 것 같습니다.
통장도 볼 수 있어 너무 좋습니다.

성경책도 잘 읽을 수 있어 행복합니다.
봉사를 다닐 때도 글을 아니까 더 즐겁습니다.

자신감이 생기니까 두려움이 없어졌습니다.
자식들도 내가 글을 배운다고 좋아합니다.

처음 그림을 그릴 때는 잘 못 그렸습니다.
그런데 자꾸 그리다 보니 솜씨가 많이 늘었습니다.
그래서 공부도 더 열심히 하고 있습니다.

앞으로 내 바람은 지금 처럼 공부도 하고
봉사도 하고 믿음생활 열심히 하는 것입니다.
그림도 많이 그리고 건강하게 살고 싶습니다.

살 맛나는 세상

정오덕

돈을 찾으러 은행을 갔습니다.
그리고 자신 있게 계좌번호, 금액을 썼습니다.
은행직원이 글을 예쁘게 쓴다고 했습니다.
나는 너무 기분이 좋아 어깨가 으쓱했습니다.

글을 모를 때는 애들 보고 써주라고 했습니다.
그런데 지금은 혼자서 척척 쓸 수 있습니다.

지금 같으면 부녀회장을 백번도 할 수
있을 것 같습니다

손녀딸은 자기보다 내가 오리와 새를
더 잘 그린다고 했습니다
나는 칭찬을 들으니까 너무 기분이 좋았습니다.

그림을 못 그린다고 생각했습니다.
그런데 생각보다 그림이 잘 그려지니까
너무 행복하고 그림에 관심이 생겼습니다.

최고의 행복

김 명남

공부를 하니 젊어졌다고 합니다.

글을 읽어도 쏙 들어오고 숙제도 재밌습니다.

문자 못한 친구들은 나를 부러워합니다.

성격도 활달하게 변하고 말도 잘하고

공부가 나를 달라지게 했습니다.

생전 처음 그림을 그렸습니다.

내가 살아온 인생도 글로 썼습니다.

책이 나오고 서울에서 전시를 했습니다.

갑자기 방송, 신문, 잡지에도 나왔습니다.

내가 대단한 사람으로 느껴졌습니다.

나는 그림을 그릴 때마다 사진을 찍어서

자식들한테 보냈습니다.

자식들은 우리엄마 대단하다고 합니다.

그래서 자식들하고 대화도 많아졌습니다.

나는 지금이 내 인생에서 최고의 행복인것 같습니다.

친
구
들

배움이 준 선물

권정자

나는 83세에 전국 성인문해골든벨에 참가해서
최종우승을 했습니다.
그래서 갑자기 텔레비전, 신문, 잡지에도 나오고
하루아침에 스타가 되어 축하를 받았습니다.

백일장 대회에서 우수상도 받았고,
소감문 쓰기 시화전에서 상도 받았습니다.
많은 사람들 앞에서 발표도 하고 박수도 받았습니다.

자식들은 우리엄마 자랑스럽다고 합니다.
그리고 가방, 옷을 사다주고 더 관심이 많아졌습니다.

어릴 때 소꿉친구들이 방송을 보고 연락이 와서
만났습니다. 너무나 반갑고 가슴이 뭉클했습니다.
다들 쪼글쪼글 늙었지만 마음은 꽃다운 소녀였습니다.

요즘은 그림을 그리다 보면 새로운 것에 도전을
해 보고 싶고 내가 수준 높은 사람이 되어가는 것
같아 정말 행복합니다.

고마운 선생님   양 순 례

우리 선생님은 다 늙은 우리를 만나 얼마나

답답할까 생각하면 미안해서 볼 낯이 없습니다

그리고 짠한 생각까지도 듭니다

우리들은 똑같은 것을 몇 번씩 가르쳐 줘도

금방 잊어버리고 처음 들은 것처럼 행동을 합니다

선생님은 청소나무 때는 아궁이처럼 열심히

가르쳐 주시고 사랑으로 품어 주십니다

그래서 우리도 열심히 배우려고 합니다

90살 넘은 우리언니들은 나를 부러워합니다

글도 다 알고 핸드폰 문자도 잘 쓴다고

똑똑해졌다고 합니다 나는 언니들한테

칭찬을 들으면 기분이 좋아집니다

머리가 복잡할 때는 그림을 그립니다

마음이 편안해지고 아픈 곳도 잊어버립니다

새로운 것을 그릴 때마다 너무 신기합니다

라 양[OO]임

그림 서울 선생님

2018년 6월 9일   하 순 자

화가 선생님

2018년 6월 22일 내인자

짜릿한 행복

황 지 심

글을 아니까 어디를 가도 겁이 안 납니다.
글을 모를 때는 남한테 물어보기 부끄러워
버스를 놓친 적도 많았습니다.

지금은 혼자서 은행일도 다 봅니다.
그래서 비밀통장도 만들었습니다.
평생 느껴보지 못한 짜릿한 행복입니다.

노래교실에서도 자신 있게 마이크를 잡습니다.
자막보고 노래를 부를 때는 많이 배운 사람처럼
느껴져서 어깨춤이 덩실덩실 쳐집니다.

고향 친구들도 나를 부러워합니다.
문자도 잘한다고 대단하게 여깁니다.

이제는 어깨를 펴고 다닐 수 있습니다.
공부도 그림도 너무 좋아 자랑도 많이 합니다.
그래서 지금처럼 행복하게 사는 게 꿈입니다.

순천 할머니들의 자화상

이 책의 글을 쓰고 그림을 그린 작가,
순천 할머니 스무 명을 자화상과 함께 소개합니다.

권정자

김덕례

김명남

김영분

김유례

김정자

라양임

배연자

손경애

송영순

안안심

양순례

이정순

임순남

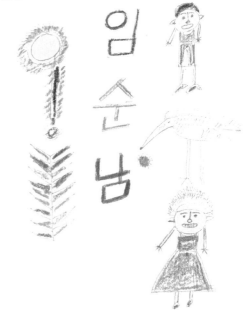

임영애

장선자

정오덕

하순자

한점자

황지심

선생님의 편지

순천 할머니들과 여러 해 함께하며
글과 그림을 응원하고 이끌어 준 선생님들의 이야기입니다.

글을 몰랐지, 인생을 모르는 게 아니었다

김순자(순천 평생학습관 초등반 강사, 글 선생님)

이 책에는 순천시 평생학습관 한글작문교실 초등반에서 공부하고 있는 학생들이
쓰고 그린 작품이 담겨 있다. 초등반은 순천시가 교육청으로부터 초등과정을
지정받아 운영하고 있는 프로그램으로, 그중 2016년부터 시작해 올해 3년차
초등과정 공부를 마친 학생들이 이 책의 작가들이다. 2019년에는 중학교에
입학할 수 있는 자격을 갖추었다. 내일모레면 아흔이 되는 분부터 가장 나이가
적은 분도 오십대 후반인 이 할머니들을 우리는 순천 소녀시대라고 부른다. 거친
시절을 누구보다 꿋꿋하게 이겨내고 든든히 가족 건사하며 살아온 분들이 교실에만
들어서면 수줍어하고 즐거워하고 반짝반짝 빛이 났다. 기역, 니은을 천천히 배우면서,
동그라미와 네모를 삐뚤빼뚤 그리면서 세상 가장 행복한 얼굴이 되었고, 가장 좋은
날은 오늘이라고 말하는 소녀들이었다.
소녀시대 할머니들은 형편이 어렵기도 했지만 여자가 배워서 어디다 써먹을 거냐는
옛 어른들의 잘못된 생각 때문에 평생 배우지 못한 한을 가슴에 안고 살아오셨다.
글을 모른다는 사실이 들통날까 봐 불안에 떨고 종이만 봐도 겁이 나서 스트레스를
많이 받았던 분들이다. 눈이 침침해서 안 보인다고 거짓말을 해야 할 때면 죄인처럼
가슴이 뛰고 속이 상해 울기도 많이 했다고 한다. 그렇게 설렘과 두려움으로
시작한 한글공부, 그동안 살아온 환경이나, 배우지 못한 고통과 설움이 많은 만큼
글공부보다는 어르신들의 살아온 인생 이야기를 듣는 것에 더 많은 시간을 할애했다.

난생처음 연필을 잡아 본다는 할머니들은 손이 떨려 선긋기조차도 삐뚤삐뚤
힘들어했다. 시작은 이렇게 어려웠지만 글을 한 자 한 자 알아가며 행복한 변화가
생겼다. 혼자서 간판이나 시내버스 노선표를 보고 대중교통 이용도 가능해졌고,
평생 갖지 못했던 나만의 비밀통장을 가지고 은행 일 보기, 자녀, 손주들과 휴대폰
문자 보내기 등 날마다 자신의 일상생활 변화에 놀라고, 온 세상을 다 얻은 것처럼
기뻐하셨다. 글을 배워 난생처음 편지를 쓰고 읽어 보면서 함께 많이 울었던 기억이
지금도 생생하다. 우리가 당연하게 생각하는 일이 할머니들에게는 절실했던 것이다.
이제는 할머니들이 글을 읽고 쓸 줄 알게 된 만큼 여유와 자신감이 생겨서인지
참 재미있고 웃을 일이 많은데 코미디가 따로 없다. 맞춤법이 틀려서 의도치 않게
욕이 되고 이상한 어구의 글 때문에 웃음바다가 되기도 한다. '안녕하세요, 선생님'을
영어로 '헬로우 디져'라고 해서 함께 한바탕 웃었던 일도 있다. 또 우리 초등반에서는
공부뿐만 아니라, 건강에 관련된 정보도 알려 주고, 세대 차이, 가족 간의 갈등,
고부 관계 등 세상 사는 이야기를 나누다 보면 마음과 마음이 통하고 친구가 되고,
사라져 가는 옛 정취를 다시 찾는 행복한 가족이 되었다.
이제는 그림 공부도 떼려야 뗄 수 없는 중요한 공부로 자리 잡았다. 처음에는 우리가
어떻게 그림을 그리느냐 싫다고 했던 분도 막상 그림 공부를 시작하니까 새벽까지
그림을 그리고 좋아하는 모습을 곁에서 보고 깜짝 놀라기도 했다. 또 그림 수업을
통해 이 기회가 아니었다면 몰랐을 할머니들이 갖고 있는 재능을 알게 되었다.
많은 이들이 그 재능에 관심을 갖고 자기 일처럼 기뻐하고 감동받는 모습을 보며
가슴이 찡하기도 했다. 이 빛나는 소질을 더 빨리 발견하지 못한 것이 아쉽다는
생각도 들었다.

소녀시대 할머니들은 단지 글을 몰랐지 인생을 모르는 것이 아니었고 하나를 알면 열 가지를 실천해 가는 재능과 지혜로움을 가지고 살아오신 분들이었다. 이분들만 그러하지는 않으리라 생각한다. 누구나 무언가 한구석 채우지 못한 부분이 있고, 숨기고 싶은 것이 있지만 그렇다고 인생 전체가 부족하다 말할 순 없을 것이다. 그리고 배움이, 채움이 조금 늦더라도 어느 순간 눌려 있던 재능이 활짝 꽃 피는 순간이 찾아올지 모른다. 순천 소녀시대 어르신들이 그렇게 결실을 맺는 순간, 그리고 여기까지 오기 위해 울고 웃던 수많은 시간, 그 곁에서 보낸 하루하루가 내게도 너무나 소중한 시간들이었다. 무슨 일을 하든 최선을 다하는 모습이 그렇게 진지하고 아름다울 수가 없었다. 자꾸 돌아보면 가슴이 찡하고 눈시울이 젖는다.

사랑하는 학생 여러분!
이제는 까막눈이 아니어서 행복하다고 하셨죠? 그동안 정말 수고 많으셨습니다. 평생 여러분이 꿈꾸었던 밝은 세상, 행복한 세상을 마음껏 누리며 살아가셨으면 합니다. 앞으로도 건강하시고 더욱 성숙한 모습으로 존중받는 집안 어르신으로, 최고의 학생이 되어 주세요. 사랑합니다. 감사합니다.

슬프고도 아름다운 삶 이야기, 할머니들의 인생 그림책
김중석(그림책 작가, 그림 선생님)

2017년 순천시립그림책도서관에서 한글을 배우는 할머니들에게 그림을 가르쳐 줄 수 있냐는 제안을 받았다. 수업 이름은 '내 인생 그림일기 만들기'. 처음에는 솔직히 망설였다. 왕복하면 여섯 시간이 넘게 걸리는 곳을 매주 가야 한다고 생각하니 쉽게 결심이 서지 않았다. 어떻게 하지? 하지만 한 번도 해보지 않은 형태의 수업이어서 재미있을 것 같았다. 나에게도 도전이었다. 오고 가는 시간을 생각하며 잠시 망설였으나 곧 제안을 받아들였다.

첫 수업 시간. 기차를 타고 순천으로 가서 할머니들을 마주했다. 동네에서 마주칠 법한 평범한 할머니들이었다. 귀엽게도 같은 옷으로 맞춰 입고 나란히 앉아 있었다. 인사를 나누고 의욕적으로 수업을 시작했다. 다른 그림 수업처럼 주변의 물건들을 그려 보기로 했다.

"자 오늘부터 그림을 그려 볼 거예요. 재미있게 가르쳐 드릴게요. 오늘은 먼저 사물을 그려 볼까요? 가방에 가지고 있는 물건들을 꺼내 보실래요?"

하지만 웬걸, 할머니들은 눈만 멀뚱멀뚱할 뿐 미동도 없었다.

"우린 그림 못 그려요." "그림 그려본 적 없어요."

"아니 그림을 못 그린다니요. 이제 하나씩 그려 보면 되죠. 염려 마세요"라고 하고 싶었지만 땀이 흘러내렸다. 계속 흘렀다. 이걸 어쩐다. 차분히 할머니들을 다시 둘러보았다. 내가 해 왔던 미술 수업은 이분들에게 맞지 않음을 금세 알아차렸다.

제일 쉽게 접근할 방법이 뭐가 있을까?

기본 도형부터 그려보기로 했다. 세모, 네모, 동그라미를 그리는 할머니들의 손이 떨리고 있었다. 글자를 배우고 있지만 그림은 익숙하지 않은 새로운 일이었다. 처음 시작한 점과 끝이 맞지 않는다고 힘들어하셨다. 모양이 삐뚤다고 맘에 들지 않는다고 했다. "괜찮습니다. 맞지 않아도 좋아요." 할머니들을 위로하며 다른 도형을 그리고 모양을 바꿔 나갔다. 동그라미를 그린 곳에 점 몇 개를 찍으니 사람 얼굴이 되고, 세모와 네모를 합쳐서 그곳에 몇 개의 선을 그으니 집이 되었다. 할머니들은 신기해하며 잘 따라하셨다.

처음에는 아무것도 보지 않고 그리는 것을 어려워 하셔서 자료를 준비하고 화면에 띄워 놓았다. 집, 소, 닭, 여러 동식물을 그려 보았다. 하지만 신기하게도 같은 사진을 보고 그리는데도 전혀 다른 그림이 그려졌다. 각자의 개성이 뿜어 나오고 자기만의 그림 스타일이 나오기 시작했다. 어떤 분은 선을 위주로 쓰면서 그림을 그리고 어떤 분은 색을 예쁘게 잘 칠하셨다. 무엇이든 좋은 점이 있으면 그림을 들어서 다른 사람들에게 보여 주며 칭찬을 하기 시작했다. 내 그림이 칭찬을 받았다는 기분을 느끼기 시작하니 그림에 자신감이 생기는 것 같았다.

"선생님요, 이렇게 먼 곳까지 와서 우리를 가르쳐 주시니 고맙습니다." 할머니들은 내 손을 꼭 잡고 고마워하셨다. 집에서 기른 농작물을 가져와서 손에 쥐어 주셨다. "우리 선생님은 너무 잘생기셨다"며 사랑을 듬뿍 주셨다. 그런 환대 덕분에 매주 다시 가는 힘을 얻고 점점 가족 같은 연대감이 서로에게 싹트기 시작했다.

사실 그림 수업은 대부분 집에서 이루어진다. 함께 모여 그림을 그리는 두 시간 남짓은 한계가 있었다. 집에서 시간이 날 때마다 그림을 그려서 일주일 후 다시 만날 때는 엄청난 양의 그림을 가져왔다. 시간이 흐를수록 그림 실력이 늘어갔고 그럴수록 그림이 점점 재미있다고 했다. 그림은 집중력을 높이고 마음을 치유하는 힘이 있었다. 홀로 있는 시간을 가득 채우고 유익한 시간으로 만들어 줬다. 자꾸 그릴수록 선들이 점점 과감해지고 형태가 재미있게 변형되었고 자신만의 그림을 그려 나가기 시작했다. 모든 그림이 아름답고 정겹고 멋졌다.

실력이 조금씩 늘고 보니 주제를 정해서 그림을 그리고 이야기를 곁들이기 시작했다. 무작정 그림만 그려서는 화집이 될 수밖에 없고 그림책이 되려면 이야기가 함께 담겨 있어야 했다. '고향 집, 가족, 자녀들, 나의 꿈' 이야기를 주제로 정했다. 내 시간에는 주제에 맞춰 그림을 그리고 한글선생님과의 수업 시간에는 글을 썼다. 글쓰기를 가르친 김순자 선생님의 노고도 대단했다. 오랜 시간동안 지역의 어르신들에게 한글을 가르치는 일을 묵묵히 하고 계셨다. 이분들과 한 분 한 분씩 이야기를 나누며 멋진 글을 이끌어 내신 것에 감탄할 수밖에 없었다.

나중에 두 개의 조합이 하나로 모여 책이 되었다. 편집을 하려고 할머니들의 글을 찬찬히 읽다 보니 울컥하는 마음에 내내 괴롭다가도 할머니들의 의도치 않은 유머를 발견할 때면 웃음이 절로 나오고, 미소를 머금게 되었다. 밝은 원색의 그림과는 달리 할머니들의 글에는 구구절절 힘든 세월에 대한 회고가 담겨 있었다. '아~ 슬프고도 아름다운 이야기'. 이게 할머니들의 그림과 글이었다.

피난길에 업고 오던 동생이 죽어버린 이야기, 가족을 제대로 돌보지 않고 바람을 피웠던 아버지 이야기, 여자라는 이유로 학교를 보내 주지 않아 꿈을 접어야 했던 이야기, 가수가 되고 싶었지만 글을 몰라 포기했던 이야기. 하나하나가 대하소설이고 이야기 창고였다.

한 해 동안의 결과물을 엮어 할머니들의 책을 소장본으로 소량 만들었다.

순천그림책도서관에서 소박한 전시도 했다. 수업했던 그림들을 페이스북에 올렸더니 사람들이 깜짝 놀라며 뜨거운 반응을 보여 왔다. 엄청난 관심을 보이며 서울에서도 할머니들의 그림을 보고 싶다고 했다. 실현되기 힘든 꿈인 것 같았다.

하지만 궁하면 통하는 것인가? 클라우드펀딩으로 후원을 받기로 했고 갑작스러운 계획인데도 순천시에서도 지원을 해 주기로 했다. 서촌에 있는 '갤러리 우물'의 공간을 빌리기로 했다. 많은 분들의 관심으로 클라우드펀딩도 성공하고 전시를 할 수 있었다. 전시가 시작되는 날. 할머니들이 버스를 타고 순천에서 서울까지 달려오셨다. 모두 작가가 되었다. 후원자들이 몰려와서 할머니들에게 사인을 받고 사진을 찍었다. 몇몇 할머니들은 벌써 팬들을 확보하고 있었다. 관람객들은 할머니들의 그림을 보며 웃고 환호하다가 글을 읽으며 눈물을 글썽였다. 모두가 감동하는 순간이었다.

순천 할머니들의 서울 전시 '그려보니 솔찬히 좋구만'은 SNS를 타고 순식간에 알려졌다. 십여 일의 전시 기간 동안 전시장이 계속 꽉 찰 만큼 많은 분들이 전시장을 다녀갔다. 그 사이 포털사이트의 메인 화면을 차지하며 전시 소식이 더 많이 알려졌다. 여러 신문, 방송 등에서 취재를 했고, 2018년으로 이어진 수업 결과를 더해 이렇게 정식 단행본까지 내게 되었다. 감동의 여정에 나를 초대하고 열정으로 지원해 준 순천시립 그림책도서관 나옥현 관장님께도 감사한 마음이다. 처음 제안하셨을 때 망설이지 말 걸 그랬다.

자신의 삶을 성실히 살아온 할머니들은 이야기를 담고 있었고 그 이야기를 풀어낼 장을 기다리고 있었다. 때마침 도서관이 그런 역할을 했고 어르신들이 주인공이 되었다. 그들의 슬프고도 아름다운 이야기는 지극히 개인적인 이야기지만 그래서 더 많은 이들의 마음을 흔들었다. 작은 불씨처럼 시작한 일이 점점 확대되어 가는 순간을 경험하며 예술의 힘을 새삼 돌아보게 되었다. 그리고 그들의 이야기는 아직 끝나지 않았다. 이 책과 함께 또 다른 여정이 시작되리라 생각한다.

할머니들, 모두 수고하셨어요. 모두가 예술가고 작가예요. 건강하세요. 우리 계속 글도 쓰고 그림도 그려요. 책 나온 것 축하드려요. ●

도서출판 남해의봄날 로컬북스 14
이웃한 도시라도 자세히 들여다보면 서로 다른 자연과 문화, 아름다움을 품고 있습니다.
독특한 개성을 간직한 크고 작은 도시의 매력, 그리고 지역에 애정을 갖고 뿌리내려 살아가는
사람들의 이야기를 남해의봄날이 하나씩 찾아내어 함께 나누겠습니다.

우리가 글을 몰랐지, 인생을 몰랐나
여든 앞에 글과 그림을 배운 순천 할머니들의 그림일기

초판 1쇄 펴낸날 2019년 2월 1일 / 초판 10쇄 펴낸날 2022년 5월 10일

지은이   권정자 김덕례 김명남 김영분 김유례 김정자 라양임 배연자 손경애 송영순
                안안심 양순례 이정순 임순남 임영애 장선자 정오덕 하순자 한점자 황지심
고마운 분들   김순자 김중석 순천시립그림책도서관
편집인   장혜원책임편집 박소희 천혜란
마케팅   황지영 이다석
디자인   이기준
종이와 인쇄   미래상상

펴낸이   정은영편집인
펴낸곳   남해의봄날   이메일 books@namhaebomnal.com
                경상남도 통영시 봉수1길 12, 1층   페이스북 /namhaebomnal
                전화 055-646-0512   인스타그램 @namhaebomnal
                팩스 055-646-0513   블로그 blog.naver.com/namhaebomnal

ISBN 979-11-85823-38-6 03810